# 鍵和田秞子の百句

豊饒の世界を探る

藤田直子

ふらんす堂

# 目次

# 鍵和田秞子の百句

投函の悔あり雪は渦に降る

『未来図』
昭和34年

# 1

思いを籠めて書く手紙に限って、言葉が足りない気がしたり、逆に言葉が過ぎるような気もして、なかなか思い切りがつかない。だが何とか書き終え、ポストまで手紙を出しに行った。ところが、ポストで手紙を手から離した途端に、後悔が過ったのである。誰もが経験しそうなことだが、その状況を「投函の悔」の七音で言い尽くしたところが手柄である。さらに、渦を巻いている雪を取り合せたことで、心の動きを映像で描いて見せた。

柚子が「萬緑」に入会以前、金尾梅の門主宰の「季節」に発表した句で、第一句集『未来図』の巻末に収められた。二十七歳の作である。

逢へぬ日は木の実をつなぎ首に巻く

『未来図』
昭和37年

# 2

逢瀬が叶わない日、満たされない心を埋めるかのように一人で森を歩いた。そのとき、ふと足元に転がる木の実を拾った。つぎつぎと拾って持ち帰り、首飾りを作ったのであろう。団栗や無患子で遊んだ子どもの頃のように。首に触れた木の実は思いのほか冷たく、さびしさが募ったに違いない。「つなぎ」には恋が繫がって行くことを願う心も感じられる。

異性を慕う詩歌と言えば、雅やかな相聞歌が思い出されるが、この句では「木の実」という素朴な季語に恋心が託されていて、清楚な女性の健気な思慕が感じられる。柚子は三十歳だった。

雪を来て朱塗りの暗さ伎楽面

『未来図』
昭和39年

# 3

柚子の家の玄関に赤い伎楽面が掛かっていた。この面を柚子は気に入っていた。「鼻が高く、大ぶりで、どこかユーモラスで、異国の風土の神秘的な手応えを感じる」と述べている。伎楽は大陸から伝来した無言舞踊劇で、奈良時代には寺院で盛んに上演されたが、その後衰退し、今は練供養にその姿を残している。起源は中国南部や西域、ギリシアとも言われる。

雪の中を歩いて来たため朱色が暗く見えたのであろうが、大自然の目映さに比して、人間の営みや歴史には暗さが伴うものであることも暗示された。

ここからは「萬緑」に発表された句である。

秋深し奥に問ひつつ小商ひ

『未来図』
昭和42年

4

晩秋の田舎の小さな店。辺りには木の葉が散り、鵙の声が聞こえる。近隣の人たちの誰もが知り合いのような土地で、皆が必要とするちょっとした食料品や日用雑貨を置いている店であろう。通りがかりの旅人が何かを買おうとしたら、出て来た人が店の奥に商品のことを聞きに行った。家族で営んでいる店らしい。そのやりとりを見て、商売気がなさそうで、誠実で、どこかに品を感じたのであろう。

日本のどこにでもある風景だが、すでに懐かしい匂いがする。平明な表現のなかに、澄みきった秋の静けさを思わせて味わい深い。

湯豆腐の崩れ易しや遠きデモ

『未来図』
昭和42年

# 5

一九六〇年代は安保闘争から、大学の民主化やベトナム戦争反対等を訴えた学生運動が激しく起こり、全国に広がった。ヘルメットとゲバ棒の学生が街に溢れ、世の中が騒然となった。高校教師をしていた柚子は、教え子がデモに参加して怪我をしたり検挙されたりすることを心配していた。深入りを止めるように注意したが、制止し切れなかったという。

家で湯豆腐を食べる時も、不安が過り、祈るような気持ちで湯豆腐を掬う。崩れやすいのは目の前の豆腐だが、デモのことにも及ぶ。穏やかな日常は非日常と表裏一体であるという現実が一句の中に含まれている。

富士隠す冬山ひとつ東歌

『未来図』
昭和43年

6

神奈川県の足柄の里で詠まれた句である。足柄は富士山に近いが、山が遮って富士の姿を見ることができない。そのこと自体は残念だが、足柄は『万葉集』巻十四の東歌に多く登場する歌枕である。例えば、〈足柄の彼面此面《おてもこのも》に刺す罠のかなる間しづみ児《こ》ろ吾《あれ》紐解く〉は、足柄のあちこちに掛けられた罠が騒ぐ間を、こっそりと愛し合うという相聞である。

富士が見えない山里に、古の人々の純朴な暮しと、明朗な歌があったことを思い出して温もりを感じている。神奈川県の出身であり、古歌を愛する柚子らしい句と言えるであろう。

いささ竹寒雀来よ子無き家に

『未来図』
昭和45年

# 7

「いささ」は「細小」と書き、「いささか」「ちいさい」という意味の接頭語。「細小川」「細小群竹《いささむらたけ》」等と使われる。大伴家持の歌に〈わが屋戸のいささ群竹ふく風の音のかそけきこのゆふべかも〉があり、その「いささ群竹」を「いささ竹」と用いて句に仕立てている。

柚子の家の庭には大名竹があり、家持の歌のような風情があると言う。ちゅんちゅんと鳴く愛らしい寒雀に、ここは子宝に恵まれなかった寂しい夫婦の家であるよと呼びかけている。

「竹に雀」は良い取り合せの喩だが、そこに「子無き家に」を置いたことで趣が深い句になった。

すみれ束解くや光陰こぼれ落つ

『未来図』
昭和45年

8

　リボンを解いた瞬間、すみれの花がはらはらと手の中に広がる。濃い紫、可憐な花びら、緑の葉のひんやりとした感触などから、幼い頃にすみれを摘んだ野や、乙女の頃の夢などが思い出されたのである。

　二月の誕生日に、職場の女性から贈られた花束であったという。「光陰」は歳月の意味だが、日光と月光を連想させるため、すみれに光が射しているようにも受け取れて美しい。さらに眼前のすみれから光陰という時間の概念への飛躍を「こぼれ落つ」で繋げてみせた。

　すみれのもつ伝統的な床しさが柚子の心にひたと寄り添っている。

啓蟄や指輪廻せば魔女のごと

『未来図』
昭和45年

## 9

指輪を廻したら、たちまち不思議な世界が出現するかもしれないという茶目っ気のある句である。

魔女という語には、古代の呪術師、メルヘンの魔法使い、魔女狩り等、さまざまな印象がある。しかしこの句の魔女はテレビドラマ「奥さまは魔女」やアニメーション「魔女の宅急便」のような、明るく可愛らしい魔女が相応しいであろう。

冬籠りしていた虫が這い出てくる啓蟄。人の心も浮き立って、発想も自由に飛躍しそうだ。欧州では古来、指輪は魔除けとして身に着けられていた。欧風なところもこの句の魅力であろう。

詩より死へ転ずる話題夕桜

『未来図』
昭和47年

「詩」も「死」も同じシ音であることに気づき、そこに夕桜を配した知的計らいの句だと受けとめられそうだが、それだけの句ではない。古代から死を恐れた人類は様々な祈りを捧げてきた。そしてその祈りに詩の源がある。詩から死への発想は自然な心の動きなのである。

柚子の自解によると、女性数人で井の頭公園に行ったときの句で、句作の話をしているうちに戦地に征ったまま帰らない人の話になり、嘆きを深くした、その折に成ったという。

夕暮の中、鬼気迫る風情の桜が、まるで能のシテのように幽玄な世界へと人々を誘う。

未来図は直線多し早稲の花

『未来図』
昭和47年

*11*

「未来図」の明るさ、「直線」の清潔感、そして「早稲の花」の初々しさが読む者を惹きつける、柚子の代表句である。「未来図」は未来予想図のこと。誰しも未来を予想するときは目標に向かって一直線の道を思い描く。

自解によると、遠くに筑波山が見える田園での作。そこに新しい道が直線に伸びていたと言う。「私自身の直線の多い未来図も、信じてみたい気がしていた」と述べる。第一句集の句集名も、創刊した俳誌名も「未来図」である。常にポジティブな思考で、大胆な行動力と、繊細な感性を併せ持つ柚子の姿勢が自ずと表れた句と言えよう。

高幡不動尊の境内に句碑がある。

芋の露山のむかうは知らず老ゆ

『未来図』
昭和48年

# 12

山間《やまあい》の地に生まれ育った人が、他郷へ出ずに生涯を送り、老いを迎えている。その人物の顔に刻まれた皺や表情を見て釉子は感慨を覚えたのであろう。

その人は生地を愛して止まなかったのか、家を守る責任があったのか。或いは若い頃に抱いた他郷に出る夢を捨てたのか。いずれにしても今は現実を静かに受け止めているのである。

情報としての「知らず」でないことは明白である。その土地に骨を埋める覚悟を持っている人。芋の葉に降りた露が美しく光り、素朴な暮しの中で堅実に生きた人を讃えている。

寒き日や胸中白く城が占む

『未来図』
昭和49年

四十二歳の作である。胸中を白い城が占拠しているという心象風景で、柚子作品の中ではやや異色と言えよう。「シロ」という同音異義語を重ね、砦としての城を描くことで、冷えきった日の胸中の緊張感を想像させる。

しかし己の城に籠ってしまうような排他的な思いではないであろう。この城が姫路城のような城郭であっても、ノイシュヴァンシュタイン城のような城であっても、雪を被って白い城であっても、城にはロマンがある。柚子にとって城は理想の象徴である。

巷間の寒風に抗えるほどの高い理想と強い憧憬が胸中を占めていたのだ。

民話読む庭のどこかに蟇眠り

『未来図』
昭和49年

*14*

民話の中の蟇が眠りから覚めて、現実の庭に現れるような、愉しいイメージが膨らむ句である。柚子によると、庭にかなり大きな蟇が棲みついていて、庭石の間や濡縁の下などでときどき見かけたという。池が無いので、使わなくなった盥に水を張って庭隅に置いていたというから愛情深い。

この句の民話は土俗的な昔話であろう。日本各地に蛙の婿、蛙の恩返し等の話があり、縄文土器には蛙のモチーフもある。動物に纏わる古代の神話や伝説のロマンに惹かれる柚子が、庭の蟇に親しみを持ったことも肯ける。鳥獣戯画の世界とも通じそうである。

# 金木犀部屋かへて読む放浪記

『未来図』
昭和49年

# 15

秋の晴れた日に家じゅうの窓を開いて風を通す。すると庭の金木犀の香が座敷にも書斎にもただよってきて、心豊かな一日となる。

この句では林芙美子の『放浪記』を、家の中で部屋を変えて読み続けたと言っている。いわば家の中を放浪したと詠んだところが眼目である。しかし「放浪」という言葉だけに意味があるのではない。逆境の中にあって、たくましく生きた芙美子の赤裸々な告白には、人間の真実の姿や人生の襞が深く刻まれている。その文学性に強く惹かれたから、釉子のなかで、金木犀の芳香と『放浪記』が結びついたのである。

アネモネや神々の世もなまぐさし

『未来図』
昭和50年

# 16

「神々の世」とは神話の世界である。『古事記』にしてもギリシア神話にしても、その魅力は神々たちの、人間臭いほどに生々しい逸話である。

ギリシア神話の中に、冥府の女王ペルセポネと、美と愛の女神アプロディテの両方が愛して取り合った美少年アドニスがいた。彼が狩で死んだとき、流れた血から咲いたのがアネモネだった。濃い色のアネモネは愛情が溢れて縺れ合う神話を象徴するのにふさわしい花である。

大らかな神話に親しみを感じて、「なまぐさし」と断定したところが独特で、そこが魅力。釉子の大らかな人柄から生まれた句である。

朝顔が日ごとに小さし父母訪はな

『未来図』
昭和50年

## 17

柚子は庭に朝顔の種を蒔いて育てていた。窓の側で、西日除けになったという。毎朝の朝顔を数えるのは楽しみだが、ピークを過ぎると日を追うごとに少なくなり、花の大きさも小ぶりになる。その淋しい風情から、しばらく会いに行っていない父母のことを思い出した。

四十三歳の当時、教職と俳句と家事とで多忙な日々を送っていた。神奈川県の海辺に住んでいた父母には、いつでも会えると思って延ばし延ばしして帰郷しなかったが、ふいに逢いたくなったと自解している。清楚で健気な朝顔に、素直な心を託したさりげない句だが、人生の深い感慨を含んでいる。

羽子板や実家《さと》の押入れ深かりき

『浮標』
昭和53年

## 18

羽子板は女の子の幸せを祈って初正月に贈られることが多い。柚子も幼い頃に美しい羽子板を抱えて写真を撮ったりしたのであろう。しかしその後、戦争になり、羽子板のことなどすっかり忘れてしまったのだ。あのときの羽子板はどこに行ったのだろうか、実家の押入れの奥深くに仕舞われたままではないかと思ったとき、暗くて深かった押入れを思い出した。

昔の日本家屋の押入れには親の代から受け継がれてきた種々な物が詰まっていた。押入れの深さは実家の懐の深さでもあり、暗さは家族制度に縛られた時代の暗さでもあろう。

# 夢殿の夢のつづきの松朧

『浮標』
昭和54年

19

斑鳩の春の駘蕩とした雰囲気が、読む者の心を包み込む句である。夢殿は法隆寺東院にある堂で、東院伽藍は聖徳太子の斑鳩宮のあった所。夢殿の名は斑鳩宮に同名の建物があり、聖徳太子がその中に籠って仏教や政治に思いを巡らせていたとき、夢に金人が現れて妙義を告げたという伝説に基づく。

柚子は自解で「夢殿はいつも閉ざしているから却って思いが深くなる」「全体を徹底して夢幻風にしたが、その時の自分の心にふさわしかった」と言っている。松が夢を見ているようにも読めて、夢幻能の一場面のような世界である。

あめつちに姿は見えず芦を刈る

『浮標』
昭和54年

## 20

古利根の芦刈が詠まれた。同時作に〈芦刈の音いにしへの日と風と〉〈風騒ぐ午後は孤りの芦刈夫〉等がある。謡曲の「芦刈」や『大和物語』の芦刈説話を意識して詠んだと言う。

摂津国に住む夫婦が貧しさのためにいったん別れて暮しを立てることにした。女は宮仕えして高貴な人の妻になるが、前夫が忘れられず捜しに行った。すると前夫は芦刈夫となって極貧の生活を送っていた。〈君なくてあしかりけりとおもふにもいとど難波の浦ぞすみうき〉の歌を男が送る。釉子は芦に隠れるように刈っている男に説話を重ね、人の世の哀れを汲み取った。

鳥渡る北を忘れし古磁石

『浮標』
昭和54年

# 21

地球は大きな磁石と言われる。北極の近くにS極、南極の近くにN極があるから、方位磁石のN極は北を指す。だが磁石は永遠に北を指すとは限らない。強い磁力を持つ物に近づけると狂ってしまい、狂った針は水平を保つことも叶わなくなる。

柚子がイギリスに滞在中、ロンドンの美術館で詠んだ句なので、この古磁石は嘗ての大航海時代を支えた羅針盤だったかもしれない。遺物となった磁石と、方向を見失わずに空を渡って行く渡り鳥。二者の取り合わせで自然界の摂理が暗示された。ふり仰いだ空に渡り鳥を見つけたとき、帰心が募ったことであろう。

流民となりて舌焼く唐辛子

『浮標』
昭和54年

22

流民は故郷を離れてさすらう民、すなわち流浪の民という意味である。したがってこの句は第三者のことと理解されるであろう。しかし釉子がイギリスに数ヶ月間滞在していたときの作なので、釉子自身の心の在り様だと受けとめたい。

異国に長く滞在しているうちに、祖国を失ったような気持ちになり、流民に似た孤愁が芽生えたのであろう。国を離れて暮らす覚悟と哀惜は漂泊の心にも通ずる。折から口にした料理の唐辛子が舌をひりひりさせ、神経を昂らせ、眠っていた望郷の思いを目覚めさせた。孤独な旅人の遠眼差しが見えてくる。

子を生《な》さで空から手繰る烏瓜

『浮標』
昭和55年

## 23

野山を歩いていて、藪に絡んで下がっている赤い烏瓜を見つけると、思わず手を伸ばしたくなる。下のほうの蔓を引くと近づいてくるから引いてみたのであろう。それを「空から手繰る」と表現した。烏瓜の遥か先に空が広がっている。「空から」によって、天から授かる子を連想させることになった。

柚子は子どものいないことを時折、句にしている。〈身のどこか子を欲りつづけ青葉風〉〈胡桃一つ遂に聞かざる呱々の声〉等。自解によるとこの句は、子宝に恵まれなかった友人の姿を見て成ったという。命を授かる神秘を烏瓜の赤が象徴している。

父恋ひの色の噴き出すかきつばた

『浮標』
昭和56年

# 24

平仮名書きの「かきつばた」は『伊勢物語』で昔男が詠んだ〈からころもきつつなれにしつましあればはるばるきぬるたびをしぞおもふ〉を連想させる。この年の春、父を亡くした柚子は「かきつばたの蕾の先に僅かに花の色が出始めているのを見て、押さえていた父恋の情が噴き出しそうだった」と言う。

また、〈花栗の香やあそびせし父のこと〉について、「母はピューリタンで、父は逆の性格だったと思う。専門に研究していたのも江戸期の浮世草子などで、浮世絵にも詳しかった」と書いている。父の中に昔男のロマンを見ていたのではないだろうか。

こほろぎや塩も砂糖もくらがりに

『飛鳥』
昭和57年

現代のシステムキッチンではなく、昭和の木造住宅の台所である。タイルの流し、ガスホースが剝きだしのコンロ、窓辺の棚にはアルミ鍋や笊が伏せられ、杓子や布巾が吊るされていた。家族が多いので大きな食器棚には皿や小鉢が幾重にも積まれ、床には糠漬けの甕があった。台所は大抵、裏庭に面し、御用聞きが勝手口に来た。そのような台所では、秋になると蟋蟀が隅のほうで鳴いた。砂糖や塩の壺の陰に潜んでいたのか。

主婦が一日中立ち働く台所は表の玄関や座敷とは違って北側にあることが多く、暗がりも生まれる。それが女性の立場でもあった。

時雨忌の片寄りて濃き近江の灯

『飛鳥』
昭和57年

26

多くの歌人や俳人と同様に、柚子にとっても近江は詩情が湧く特別の土地である。〈春三日月近江は大き闇を持つ〉〈よしなかやはせをやあふみうす霞む〉とも詠み、いずれも時空を大きく捉えている。

この句は陰暦十月十二日の芭蕉忌の作。芭蕉の墓所がある義仲寺に詣でた後、湖岸で目にした夜景であろう。遠くに陸の灯りが連なり、その先に湖の大きな闇が広がっている。それを「片寄りて濃き」と写実的に捉えたが、その灯は芭蕉を慕う人々の灯にも見える。

初冬の夜気の中、遠くの灯に温もりを感じるのも風雅の心と言えるであろう。

枯葦や叫びたきとき息殺す

『飛鳥』
昭和58年

## 27

「枯葦」「叫び」「息殺す」の激しい言葉が読み手の心を揺さぶる。冬の水辺に行くと、枯れきった葦の群生がある。人の背よりも高い葦に圧倒されつつ近づくと、乾いた葉の音が聞こえてくる。ひとたび陽光が射すと薄黄色に輝き、異空間に入り込んだような錯覚に陥る。

枯葦に対峙しているうちに、心の奥に潜んでいた何かが触発されたのである。それが叫びとなって口から飛び出そうになる寸前、息を殺している己に気づいた。目に見えない力に抗いたい欲求であったか。「枯葦」が張り詰めた心理状態を象徴的に表している。翌年には〈枯葦を出て放心の鷺となる〉とも詠んだ。

炎天こそすなはち永遠《とは》の草田男忌

『飛鳥』
昭和58年

昭和五十八年八月五日、中村草田男が逝去した。八十二歳だった。草田男は七月に生まれ、夏を好んだ。〈毒消し飲むやわが詩多産の夏来る〉と、夏の到来を喜ぶ句がある通り、生涯を通して他のどの季節よりも、夏の句が多かった。「萬緑」も夏である。

柚子は「夏を好まれ、夏に逝かれたこと、その日の炎天を思い出して、この句を作って哀悼した」「これはもう『炎天』以外には考えられなかった」と述べている。輝き続ける夏の太陽のように、永遠の存在となった草田男への絶唱である。草田男が説いた「永遠性」の追求も籠められているように思われる。

# シャガールの蒼きをんなと冬籠り

『飛鳥』
昭和58年

「冬籠り」は主に雪の多い地方で、雪囲いをした家の中で過ごす時に使われる季語だが、柚子は「積極的な冬籠りも考えられる」と言う。暖房の効いた部屋で、読書や趣味や思索に時を過ごすとしたら、「これほど自由で怠惰、休息と充電の時間はありません」と書いている。この句もそうした積極的な冬籠りであろう。寒いから家に籠るのだが、シャガールの絵の、空を飛んでいる女のように自由に空想を広げて楽しみたいと思ったのである。青森県立美術館でバレエ「アレコ」の背景画を観た時には〈シャガールの闇の青さや霜の花〉と詠んでいる。

いにしへの田に蓬萌ゆ進むべし

『飛鳥』
昭和59年

この年の五月、俳誌「未来図」を創刊した。教え子や友人に俳句を指導する句会をいくつか持っており、その合同句集『未来』を三号まで発刊していたが、四号目から「未来図」と名を変えて月刊誌として出発した。以降、「萬緑」は辞して「未来図」を中心に活動するようになる。創刊号にこの句があり、「登呂遺跡」という前書を持つ。

柚子は夫が静岡で教職に就いていた時期、静岡の登呂遺跡を何回か訪れていた。〈石棺は湯舟のふかさ夕桜〉は掲句の七年前に登呂遺跡で詠まれた句であった。

古代の田に萌え出た蓬は、詩歌の伝統に新しい息吹をもたらしたいという創刊の志を象徴している。

# 夕雲のふちのきんいろ雛納め

『飛鳥』
昭和59年

## 31

雛人形を仕舞った日、西の空が夕日に彩られていたのであろう。太陽が薄い雲の中に隠れると、雲は金色に縁どられたように見える。その輝きから、仕舞ったばかりの雛の雅やかな錦や金糸銀糸を思い出したのである。

やがては闇に包まれる夕空の美しさを惜しむ心と、箱に仕舞われる雛を惜しむ心とが通い合って美しい句に仕上がっている。隠れた美を想像して愛おしむことは、日本人の美意識に適っている。歳時記の雛納の例句には必ずと言っていいほど採録され、多くの人に知られている句。空と雛の取り合せでは、〈遠富士に雲の天蓋雛祭〉とも詠んでいる。

夜御殿《よんのおとど》は永久の夜なるほととぎす

『飛鳥』
昭和59年

## 32

夜御殿は『枕草子』や『徒然草』に出てくる清涼殿内の天皇の寝所である。昼御座《ひのおまし》の北、朝餉間《あさがれいのま》の東、二間《ふたま》の西にある。「文藝春秋」に発表した八句中の一句。〈日輪を得て漢竹《かはたけ》の春のこゑ〉〈呉竹《くれたけ》を揺する荒東風恋いくつ〉〈滝口に武士のまぼろし春鴉〉とも詠んだ。漢竹も呉竹も清涼殿の庭に植えられている竹。滝口は御溝水《みかわみず》の落ちる所で、警護の武士の詰所があった所。夜御殿を拝観した柚子には、ほととぎすが聞こえ、平安時代の人々の魂が永久に息づいていると感じられた。

古典の世界の幻影を無理の無い形で現代の場面に展開している。

# 花まつり戯画のうさぎは地にまろび

『飛鳥』
昭和59年

花まつりに、京都の高山寺に伝わる鳥獣戯画が取り合わされた典雅な句である。「栂尾高山寺三句」と前書があり、〈谷渡る風がうがうと甘茶仏〉〈濡縁のぬくもりに触れ仏生会〉と共に発表された。高山寺を訪れた日がちょうど仏生会で、甘茶を灌いだ後、鳥獣戯画の絵巻を観たのであろう。

四巻の中でも動物を擬人化してユーモラスに描いた甲巻は殊に有名である。この句は蛙と相撲をした兎が投げ飛ばされ、蛙が大笑いをしている場面である。花御堂の誕生仏に動物たちの生き生きとした姿が添えられたことで、春爛漫の天地を言祝ぐ句となった。

曼珠沙華蕊のさきまで意志通す

『飛鳥』
昭和59年

細い花びらも蕊も輪を描くように反って咲く曼珠沙華。その鮮やかな赤に強靱なものを見て取った句である。蕊の先まで赤いとは誰でも言えるが、蕊の先まで意志を貫き通しているという把握は非凡である。この句は「未来図」を創刊した年の作。決然として進む心境が詠ませた句とも言えよう。

曼珠沙華は柚子の好きな花で、掲句と同じ句集『飛鳥』には〈曼珠沙華だまつてゐれば胸あつし〉〈曼珠沙華いつぽん胸中にも咲かす〉〈こめかみに鬱のあつまる曼珠沙華〉があり、いずれも胸奥に潜む熱情が託されている。確かに血の色を思わせる花である。

国褒めのことばきらきら黄落す

『飛鳥』
昭和59年

「クニ」「コトバ」「キラキラ」「コウラク」と、K音がリズム良く響き、明朗で華麗な印象の句である。「飛鳥路十六句」と前書のある句群の一句。句集では香久山、畝傍山、耳成山と続いて、この句に至る。飛鳥路を歩きながら、古人への思慕を深くしたのであろう。

『万葉集』の舒明天皇の「大和には　群山あれど　とりよろふ」に始まる国褒めの御製を思い出したのかもしれない。美しく色づいた葉が秋の日に照らされて舞い落ちるとき、古代の言の葉が時空を超えて降ってくるように思われたのであろう。古典の世界を現代俳句で見事に再現している。

飛鳥大仏秋日は死力尽しけり

『飛鳥』
昭和59年

日本最古の仏像と言われる明日香の飛鳥大仏である。蘇我馬子の創建した最古の寺院、飛鳥寺の本尊として、鞍作止利が制作した。しかし鎌倉前期の落雷で大伽藍と共に焼け、顔と手だけが残り、他の部分は修復された。後世の仏像に比べて細部は粗いが、強く惹かれる何かがある。アーモンド型の目と高い鼻、のびやかな眉は雄々しい美男子の顔立ち。頬にある補修の痕は痛々しいが、却って親しみも覚える。

柚子は秋の強い日差しに、この仏像の辿ってきた運命を思った。「死力尽し」は身を捨てて人々を救おうとしてきた飛鳥大仏の御心とも言えよう。

揺らぎては刻あをあをと古代蓮

『飛鳥』
昭和60年

# 37

千葉県検見川の東京大学グラウンドの泥炭層から発見された蓮の実は、大賀一郎博士によって約二千年前のものと鑑定され、その年の五月、発芽に成功。翌年の七月に花を咲かせた。昭和二十七年のことである。以後、薄紅色の美しい蓮が国内各地や世界に広まり、古代蓮として観賞されている。

柚子は緑の大きな蓮の葉が揺れているのを見て、古代への思いを深くした。風に敏感な葉の動きを見つめていると、古代の風を肌で感じるような心地がしたのである。常識的な時間を超えた蓮の生命力に讃嘆し、長大な時間の流れの中に己を立たせている。

十二月八日触れたる幹が刺す

『飛鳥』
昭和60年

十二月八日は、昭和十六年に日本がアメリカに宣戦布告、ハワイ真珠湾のアメリカ艦隊を奇襲、南方諸地域に進出し、太平洋戦争がはじまった、その開戦日である。この句が詠まれた当時、歳時記に「開戦日」や「十二月八日」が収録されてはいなかった。終戦日は詠まれていたが、開戦日を詠んだ句は少なかった。

だが釉子は開戦日を自覚的に詠んだ。冬の樹木に近寄り、無意識のうちに木肌に触れた時、幹の何かが手を刺した。その痛みに、開戦という重い史実を意識したのである。一社会人として如何に生くべきかを自問したのであろう。

捕はれて鯉は尾で泣く池普請

『飛鳥』
昭和60年

冬になると池や川が涸れるので、その時期を利用して、水底に溜まった泥やゴミを取り除き、水質を改善したり外来種を駆除したりするのが池普請である。この句は東京都の三鷹市と武蔵野市にまたがる井の頭公園で詠まれた。作業は先ず、ポンプで池の水を減らして行き、鯉を網で掬って捕獲し、水槽に移すことから始まる。鯉が水から宙に上げられるとき、必死になって尾を振る様子は見ていても切ない。その様子を「尾で泣く」で言い尽くしている。

冬の鯉は〈降る雪や鯉の朱の斑は痛からむ〉〈寒の鯉身をしぼりつつ朱をこぼす〉とも詠んでいる。

荒東風の髪は狂女や隅田川

『武蔵野』
昭和61年

隅田川の畔に立っていると、東風が強くて髪が乱れ、狂女のようになったという。この句の背景には謡曲の「隅田川」がある。都に住んでいた女は、人攫いに連れ去られた息子を捜して、狂乱しつつ隅田川のほとりにやってきた。しかし渡し守から、一年前に下総で亡くなった子どもの話を聴くと、それが我が子だと知って嘆き悲しむ。そのモデルの吉田少将惟房の息子梅若丸にゆかりの木母寺では、陰暦三月十五日に梅若忌の法要が営まれる。

この句は梅若忌の句とも言えよう。古典的な題材だが、自身の身に引きつけた詠み方で、母の情愛の深さに迫っている。

硝子戸を人の過ぎゆく古雛

『武蔵野』
昭和62年

古雛が並べられているのは骨董品店だろうか。雛を装飾として置いている和風の店だろうか。いずれにしても、ショーウィンドーの硝子の内側に、年代物の雛が飾られている。それを外から見ているのは作者だが、句は作者の視点からではなく、雛からの眺めとして詠まれている。作者が雛に成りきったとも言えよう。

「人の過ぎゆく」は単に往来のことを言っているわけではない。雛は幾代にも亘って飾られてきたが、人は生きかわり死にかわりして命が継承されて行く。古雛はそれを見つめてきた。芭蕉の「百代の過客」に通じる視座である。

今年竹湧水のこゑ放ちけり

『武蔵野』
昭和62年

柚子の家の近くにある武蔵国分寺跡。その礎石原のそばに国分寺崖線から湧き出る水源がある。湧水を汲んだり、緑に囲まれた小池で水を眺めたりすると武蔵野の豊かな自然を堪能できるので、柚子の句に湧水や泉が多いのも肯ける。〈春泉かそけき飢ゑは恋に似て〉〈武蔵野や珠のこゑたて春泉〉等とも詠んでいる。

掲句については「竹藪の中から湧き出している処があって、水音が絶えない。まるで竹そのものが声を放つようだ」との自解がある。湧き水から水音へ、水音から声へという連想は、さらに声から言葉へ、そして心へと導いてゆくのである。

雷連れて白河越ゆる女かな

『武蔵野』
昭和62年

## 43

奥州三古関のひとつに数えられる白河関は、能因法師の〈都をば霞とともに立ちしかど秋風ぞ吹く白河の関〉の他、数多くの歌を生んだ歌枕である。芭蕉も、『おくのほそ道』の冒頭に「白川の関こえんと」と書き、越えた感激を「白川の関にかゝりて旅心定まりぬ」と記した憧れの地だった。

古歌を愛する柚子にも特別の地である。関を越えていよいよ陸奥の深い処に足を踏み入れようとした時、まるで旅人に覚悟を促すかのように雷が鳴った。だが怯みはしない。雷をお伴にしようという発想は神話の女神のように大胆である。

鶴啼くやわが身のこゑと思ふまで

『武蔵野』
昭和63年

## 44

鹿児島県出水市の水田地帯に、冬になると一万羽ほどの鶴が北方から飛来して来る。灰色や黒色の鍋鶴や黒鶴である。柚子はその日、鶴が田んぼの中で捕食しているところまで近づき、畦に座っていた。鶴が天に向かって嘴を上げ、コウコウと鳴く声を聞いているうちに、鶴と一体になった。これでもかこれでもかと鳴き続ける鶴は、己の真の声だと思えるまで句を詠もうとしている柚子自身の姿に重なった。

「我々の胸の中から聞こえてくる声に、はっきり耳を傾けて進んでゆくべき」は草田男の教えである。

出水市の荒崎展望公園にこの句の句碑がある。

寒の雁身ぬちに崖のある日かな

『武蔵野』
昭和63年

雁は晩秋に飛来して冬を過ごすが、秋の季語である。遠来の客の訪れを待つという伝統の心に因るもので、雁の声も訪れのしるしとして賞美したのである。しかし雁の姿を間近に見るのは冬の期間であろう。辺り一面枯れきった中、湖や沼に群れ、朝夕は数羽で刈田に下りて啄んでいる。冬景色の中の雁はいささか無骨で孤愁を帯びているように見える。

この句の雁も蕭条とした山河を背負っているように見えたのだ。身ぬちに宿る「崖」は穏やかならざる激情であろう。それを意識させたのは寒雁の絞るような鳴き声だったのではないか。

一山の隠す一村鵺《ぬえ》啼けり

『武蔵野』
昭和63年

箱根仙石原に泊った夜、鵺の声を聞いたという。山が迫っている村の深い闇の中、鵺がもつ底知れぬ不気味さを実感したであろう。鵺は虎鶫のことで、夏の季語である。背や胸に黒い三日月型の虎斑があり、虎鶫と呼ばれる。低山の林中に棲息するが、夜間にヒィーヒョーと鳴く声が気味悪く、古来から物の怪とされた。悲し気な声から、「ぬえどりの」は「片恋」や「うらなく」にかかる枕詞である。源頼政が退治した伝説の鳥で、『平家物語』に怪物として登場し、鵺の祟りに纏わる逸話は能になっている。若い頃に謡曲を学んでいた柚子はその伝承にも惹かれたのである。

# 三日はやもの書きといふ修羅あそび

『武蔵野』
平成2年

## 47

　正月三が日は仕事をしないのが日本の慣習だが、たくさんの仕事を抱えているとそうもいかない。三日には原稿を書き始めたというのである。釉子はその行為を「修羅」だと思い、また「あそび」だとも思った。それが「修羅あそび」である。

「文は人なり」と言われる通り、文章にはその人の生き方が表れるから、己と向き合い、己を削って、ものを書く。その行為は修羅を潜るほどの覚悟を要するのである。しかし見方を変えれば、それは人生の遊びでもあろう。『梁塵秘抄』の「遊びをせんとや生まれけむ」の心に通じる「遊び」である。

秋の七草揺るるものより数へたる

『光陰』
平成2年

秋の七草は山上憶良が『万葉集』の中で〈秋の野に咲きたる花を指折《およ》りかき数ふれば七種の花〉〈萩の花尾花葛花瞿麦《なでしこ》の花女郎花また藤袴朝貌の花〉と詠んだ歌に因る。後に朝貌は桔梗と直されたので、萩、薄、葛、撫子、女郎花、藤袴、桔梗が現代の七草である。

柚子は野を歩いていて、次々と七草に出会った。薄は群れて風に靡き、葛の葉は翻って葉裏を見せる。女郎花も丈があるので揺れやすく、萩も風に揺すぶられていた。そうすると、秋の七草はどれも風に揺れる風情が美しいことに気づく。揺れるものを数えているうちに七草が調うのである。

少年の瞳して阿修羅のしぐれをる

『光陰』
平成２年

阿修羅は古代インドの神の一族だが、仏教に取り入れられてからは天竜八部衆の一つとされ、仏法を守護する神になった。奈良の興福寺の阿修羅像は乾漆八部衆像の一体。眉間に少し皺を寄せ、真正面を見据える目には強い意志が宿り、今にも身体全体が震え出しそうな緊迫した気を放っている。

奈良を訪れるたびに阿修羅像を拝していた柚子は、その日、阿修羅像が少年に見えたという。確かに少年阿修羅が大地に脚を据え、乾坤を守っている姿のようではないか。「阿修羅のしぐれをる」と、阿修羅と時雨を一体化させたことがこの句を一段と大きくした。

みささぎへ桜千本こゑころす

『光陰』
平成3年

50

この句のみささぎは吉野の如意輪寺にある塔尾陵と呼ばれる後醍醐天皇陵である。親政を志し、北条氏を滅ぼして建武新政を行ったが、足利尊氏の離反によって吉野に入り南朝を樹立。だが失意のうちに没した後醍醐天皇。京の都への憧憬を詠った「玉骨はたとへ南山の苔に埋むるとも魂魄は常に北闕の天を望まん」から、陵は京に向かって建てられ、「北面の御陵」と呼ばれている。

　釉子は花満開の吉野で後醍醐天皇の生涯を想った。千本桜が一陣の風をも許さないほどに咲き満ちている光景を「こゑころす」と詠んで、後醍醐天皇の万感に寄り添っている。

おん唇のもの言ひのこす寝釈迦かな

『光陰』
平成4年

涅槃像を拝したとき、その口がわずかに開いていることに気づいた。まるで何かを言いさしたように見えたのである。柔和な尊顔に親愛の情を覚えての発想であろう。

釈迦の最期については、弟子たちが編纂した『大般涅槃経』に詳しい。「もろもろの事象は過ぎ去るものである。怠ることなく修行を完成なさい」と言って八十歳の生涯を閉じたと伝える。この句はそれに続く言葉を聴きたかったという意味にも受け取れるが、史実は不要であろう。

「おん唇のもの言ひのこす」のオ段の音を重ねた柔らかい響きで、涅槃の釈迦に命を吹き込んだことが最大の魅力である。

凩にこころさすらふ湯呑かな

『光陰』
平成4年

52

風音を聞きながら、掌で熱い湯呑茶碗を包んでいる。見ているものは湯呑から立ち上る湯気だが、耳は外界の凩の音を捉えており、心も凩の中をさまよっている。

金子兜太の「定住漂泊」の生き方と同様に、秞子もまた一所に定住しながら精神は漂泊していたいという境地であろう。

西行から芭蕉への漂泊の系譜に連なるという思いが秞子にはある。心を自由に解き放ちたいという風狂の精神がある。その漂泊への憧憬は、若き日に芽生え、心を去らないでいる無常観と無縁ではないであろう。満六十歳の作である。

かきつばた風のゆくへに妣の国

『光陰』
平成5年

## 53

「かきつばた」と平仮名で書き、遠つ世へ思いを至らせている。「妣の国」については〈疎林起伏に菫濃淡妣の国へ〉を自解した文に詳しく書かれている。川沿いの疎林に、木洩れ日を受けて菫が咲いているのを見て、この世離れしたような不思議な思いに捉われたという。行く先には死者の国があるように思われ、それも亡き母たちが待っている安らかな国の感じだったと述べている。「個人的な亡母の意味ではなく、亡き母なるもの、祖なるものの待つ泰らかで優しい国のイメージ」という。〈朴の花ひるがへる時妣《はは》の見ゆ〉もある。「妣の国」は柚子の心の母郷であろう。

かの夏や壕で読みたる方丈記

『光陰』
平成6年

「かの夏」は戦時中の夏である。女学生だった釉子は家族と共に平塚に居た。空襲警報が鳴る度に防空壕に入ったが、戦況が激しくなった頃、壕の中でいつも読んでいたのは鴨長明の『方丈記』だったと言う。無常観に貫かれた『方丈記』をその齢で正しく理解していたかどうかは分からないが、と回顧している。しかし、平安末期の大火や地震や飢饉等の災害の中で無常観に至り、閑居の楽しみを見出した長明の思いや生き方は、戦争という不条理の只中に立たされていた者にとって一条の光明であっただろう。

釉子が文学を志す契機の一書が『方丈記』であった。

ゴビ熱砂蝶きしきしと消えにけり

『光陰』
平成6年

中国のシルクロード委員会が主催したシルクロード・ウィークの記念行事に日本人が参加する企画があり、「未来図」会員が北京、西安、敦煌、上海へ行った。西安を発ってゴビ砂漠のオアシス都市敦煌の飛行場に着くと、まさに沙漠の中に降り立ったという印象であった。

この句について柚子は、飛行機から降りた途端に「目の前を横切って蝶がとんだ。その時確かに蝶の羽音を聴いた。軋み音。乾燥した空気」と書いている。「きしきし」が熱砂に触れて生きる蝶の凄まじい命の営みを物語っている。広大無辺の沙漠を横切った華麗な隊商が瞬時に甦ったかのようだ。

生まざりし身を砂に刺し蜃気楼

『光陰』
平成6年

56

敦煌の莫高窟を観て、鳴沙山で駱駝に乗った翌日、沙漠の一本道をバスで走り、陽関跡へ行った。途次、沙漠の中にある無数の土盛りは人々の墓だと知った。さらに地平線の彼方にきらきら輝く湖はオアシスかと思ったが、蜃気楼だと知らされる。下車してしばらく蜃気楼を眺めた。掲句はその折の句である。

沙漠の果てに、現れては消える蜃気楼を見て、釉子は子どもを持たない己の身を振り返った。命を継ぐ者がいないということは、沙漠の蜃気楼に似て、幻のような人生ではないかと。「砂に刺し」に、嘆きでも抗いでもない、凛とした精神が窺われる。

現身を離れゆくころ柚子の照り

『光陰』
平成6年

## 57

中村草田男がよく吟行したという青梅線沿線に柚子も時折出かけた。立川から奥多摩に向かう線で、多摩川の上流の豊かな自然に触れることができる。その日は沢井の手前の軍畑《いくさばた》で下車した。人影は少なかったが、「ゆずの里」と表示があって、家々の鮮やかな柚が目を引いた。

晩秋の日が射すと明るく照る柚には存在感があった。この年、柚子は六十二歳。「未来図」が十周年を迎え、俳壇で大いに活躍していたが、ふと老いを意識したのではないだろうか。柚とは違って、現身から発した声は宙に留まることなく消えてゆく。そこに寂しさを覚えたのであろう。

欄干が身を堰きにけり蛍川

『風月』平成8年

## 58

福岡で草間時彦氏や伊藤通明氏と共に蛍狩をした折の句である。緑が豊かな川の近く、蛍が盛んに舞っていたという。同時発表の句に〈蛍火の海となりたる現世《うつつ》かな〉〈蛍川ゆくへの森は妣のくに〉〈筑紫なる枕の下の蛍川〉がある。

蛍は古来、恋にも魂にも喩えられてきた。その光と飛翔は見る者を幽玄の世界に誘う。柚子も魂が現世を離れて行くような感覚になり、蛍の川を遡ると妣の国に着くのではないかと思った。掲句ではその危うい心を堰き止めているのが欄干だと言っている。欄干に身一つを委ねているが、心はすでに幽冥界を漂っている。

いかづちのにほひを放ち五重の塔

『風月』
平成9年

「羽黒山」の前書がある。五月半ば、山形県の「図司呂丸顕彰羽黒町全国俳句大会」で講演を行い、選者を務めた。その折、阿部月山子氏の案内で羽黒山の五重塔に参詣した。参道の上り口に建つこの塔は平将門創建と伝わり、約六百年前に再建された国宝である。森に入って行くと高い杉木立の中に、素木造り、柿葺、三間五層の荘厳な五重塔が出現する。折から雷雨が去った後で、雨の名残がそこここに感じられた。その気配を「いかづちのにほひ」と言い止めた。

雷に立ち向かい、雷をわが物にしたかのような塔の威容と、天空から射す光を見事に謳い上げている。

# 夏蝶とゆくクレオパトラのゆきし甃《いし》

『風月』
平成9年

平成九年六月のギリシア・エーゲ海の旅は「俳句αあるふぁ」の企画だった。アテネでアクロポリスの丘に登った初日の気温は摂氏四十度を超えた。炎暑の中で〈石柱の片蔭にして現し身よ〉とも詠んでいる。

翌日からのエーゲ海クルーズではミコノス島、ロードス島と巡り、船旅に安らぎを覚え始めた頃、トルコに上陸してエフェソスを探訪。掲句はその中の一句である。広大な古代遺跡で、アルテミス神殿跡やセルシウス図書館跡等、見所が多いなか、柚子はクレオパトラが歩いた大理石の道に着目。美しい夏蝶はクレオパトラの化身とも思えたことであろう。

メドゥサよ夏日にまなこ張りつづけ

『風月』
平成9年

メドゥサの石のレリーフはハドリアヌス神殿にあった。ローマ帝政期のハドリアヌス帝に捧げられた建物である。四本のコリント式の柱に支えられたアーチの門の上に、女神ティケの顔、その奥の門にメドゥサが彫られていた。左右の壁には伝説の神々や動物などが描かれていて見事である。

日陰のない石の遺跡の中を歩いてきた柚子は暑さに負けそうだったが、神話のメドゥサが抜けるような青空を背景に、炎帝に立ち向かうように両手を広げ、眼を張っている姿に強く惹かれたのであろう。〈列柱や生者灼けつつ過ぎゆける〉もギリシア旅行の作。

山に生き山を祀りて露けしや

『風月』
平成9年

人里離れた山の中に祠があり、寂びれてはいるものの、誰かの手によって瑞々しい花が供えられているのを目にすることがある。社というほどでもなく、その土地固有の信仰が背景にあるような祠もある。

この句は「湯西川五句」の前書がある句群の一句。栃木県の湯西川温泉は平家の落人の郷として知られている。そう思うと、この句の「露けし」には、身を潜めて生きていた人々の寂しさを慮る心があるように思う。

だが日本では古来、海を畏れて水神を祀り、山を畏れて山祇を祀ってきた。その意味で普遍性のある句になったと言えよう。

帰りなむ枯蓮千本胸に刺し

『風月』
平成10年

鎌倉市の材木座にある光明寺で詠まれた。その日、柚子は数人と共に鎌倉のあちこちを巡って吟行し、夕方近くになって海に近い光明寺に行った。庭園の見える廊下に座ると、夏には華やかに蓮の花が咲いていた池がすっかり枯れて、ずたずたの形相を曝していた。皆押し黙ってかなり長く座っていたが、やがて誰ともなく立ち上がり帰路についた。

後日発表されたこの句は、当日の穏やかな吟行とは裏腹の凄絶とも言えるほどに激しい心理状態を想わせる。柚子は枯蓮に対峙し、ついには一体になって、「胸に刺し」を得た。心に棲む無常観の顕れだったかもしれない。

武蔵野に風音満つる菜飯かな

『風月』
平成11年

# 64

柚子は結婚後十年ほどを経た昭和四十二年から東京都府中市に家を新築して住んでいる。最寄駅は国分寺駅で、駅から徒歩圏内に、殿ヶ谷戸庭園や武蔵国分寺跡等、緑豊かな名所がある。雑木林や芒原の広がる武蔵野原野の面影こそ少なくなったが、『万葉集』の時代から詩歌に詠まれてきた武蔵野は柚子にとって大事な俳枕であり、第二の故郷になったと言えよう。

この句では武蔵野の雑木林を吹き抜けてゆく風音に耳を傾けながら、菜飯を味わっている。武蔵野という大きな懐のような地に住み、自然に心を委ねるとき安堵感を覚えるのであろう。

茅花流し黒髪流し明石の門《と》

『風月』
平成11年

## 65

「未来図」に徳島支部が誕生したとき柚子は発会式に行った。その折に詠んだ「淡路・阿波行十七句」の中の一句である。「明石の門」は明石海峡のことで、明石市と淡路島の間の海峡である。潮流が速く、古くから航海の難所だった。柿本人麻呂が〈天離る鄙の長道ゆ恋ひ来れば明石の門より大和島見ゆ〉と詠んだ歌枕。長い船路を波の怖さに堪えてきたが、明石の門に入ると大和国が見えてきたという歌である。

柚子は明石の門の見える岸に立ち、茅花流しに黒髪をなびかせながら、古の女性もまた、帰る人の船の無事を祈ったであろうと思っている。

白鳥といふやはらかき舟一つ

『胡蝶』
平成11年

中村草田男の〈白鳥といふ一巨花を水に置く〉を思い出させる句である。草田男は白鳥を花に喩え、柚子は舟に喩えた。自解によると宮城県の伊豆沼の作。「船着き場の木製の桟橋の先端で座り込んでいると、大白鳥が来て間近に私を見つめていた。背中が広く平らかで、乗りたいと思った」と言う。

人間を怖れない白鳥と、ひととき交歓できたような喜びを抱いたのであろう。〈鶴啼くやわが身のこゑと思ふまで〉の時と同様に、鳥に近づいて鳥と一体になった。白鳥に乗って水の上を進み、大空を舞う夢を見たのではないか。神話の一場面のように。

みちのくの踊りつつ皆過ぎゆけり

『胡蝶』

平成11年

句集では〈竿燈のいつせいに立ち星散らす〉に続く句なので、秋田の竿燈の折に生まれた句であろう。だがこの句の「みちのくの踊り」は奥州や出羽のすべての祭に通じている。盆踊は盆に祖霊を迎えるための踊で、生者の中に亡者が交じって踊っているとも考えられている。「皆過ぎゆけり」はこの世に生を享けた者がやがては消えて行く途上にあることを暗示している。

「みちのく」には能因や西行を追慕して奥州を旅した芭蕉の不易流行の思想がある。時間は止まることを知らない旅人であり、宇宙は生々流転であることを踏まえている。

コスモスや水漬く屍もそよぐらむ

『胡蝶』
平成11年

68

「水漬く屍」で思い出すのは戦時中に歌われた「海ゆかば」である。原典は大伴家持の歌の一節。その意味は「海を行けば水に漬かった屍となり、山を行けば草の生す屍となって、大君のお足元にこそ死のう。振り返ることはしない」。この歌詞で昭和の初め、国民精神総動員強調週間のテーマ曲が作られた。第二次大戦では、ラジオの戦果発表の前に流されたので、戦争の悲しい記憶と結びつく歌になった。

　掲句にも戦死した兵士への鎮魂の心がある。片仮名表記のコスモスは宇宙（ＣＯＳＭＯＳ）を連想させる。戦死者の魂が永遠に宇宙にそよいでいるかのようだ。

火も水も星もありけり年新た

『胡蝶』
平成12年

# 69

人類に明るさと暖かさをもたらした火、命の源である水、そして宇宙の無数の星も掲げた気宇壮大な句である。初出は平成十三年（二〇〇一年）の「未来図」二月号で、「二〇〇〇年回顧」の前書が付いていた。二〇〇〇年は二〇世紀最後の年。その年を振り返って詠まれたのである。「大晦日から元旦にかけて世の中が騒然としていた。実際には火も水も何の問題もなく、新年を迎えた」と自解している。

だがこの句は、火や水があってこその地球であり、私たち人類であるという、生命の根源に立ち返らせてくれる、普遍的な句となった。

晩年や棘もたふとき冬薔薇

『胡蝶』
平成12年

薔薇の棘は鋭いので活けるときや花束にするときは予め取り除いておかねばならない。その邪魔な筈の棘を、この句では尊いと言っている。柚子は「冬のバラは慎重に咲く。寒気の中では花だけでなく茎も棘もいとおしい。冬に立ち向かうには棘の存在も大切なのだと思う。まさに晩年の心境」と述べる。美しく老いるには強さも必要だと思ったのだ。

六十代後半のこの頃、晩年の句が多い。〈晩年や富士もひばりも雲の中〉〈晩年の風にあふられ都鳥〉〈晩年の竹に冬来る匂ひかな〉等。いずれも晩年にさしかかった時の不安と心の張りが窺える。

海から南風《はえ》海から蝶や慰霊の日

『胡蝶』
平成13年

前書「沖縄行十四句」の中の一句である。ＮＨＫ学園の企画で「沖縄慰霊の日に訪ねる」という旅であった。〈苦瓜《ゴーヤー》食べ沖縄の刻ながれだす〉に始まり、首里城の句、青甘蔗の句、ガジュマルの句に交じり、掲句がある。沖縄戦における約二十万人の戦死者のうち、約半数が一般島民や子どもだった。沖縄防衛軍司令部が自決した六月二十三日に組織的戦闘が終結したとされ、慰霊の日に定められている。

六月の沖縄はすでに炎暑である。明るく美しい海は沈黙するばかりだが、南風も蝶も島の人々の拭いきれない悲しみに寄り添うように思えた。

炎熱や死者をさがして海に出づ

『胡蝶』
平成13年

## 72

この句も沖縄慰霊の日の句である。〈荒々しく蟬鳴く洞窟《がま》の昼の闇〉〈双頭の雲の峰立つ慰霊の刻〉〈人波の南風は熱風黙禱す〉に続いてこの句となる。

柚子は女学校時代に平塚で戦火を目の当たりにした。平塚には海軍火薬廠と航空会社があったため、空襲で全滅させられた。柚子一家は運よく助かったが、当時の光景が眼裏に焼き付いて、その後の人生観を変えた。

この戦争で一般住民が地上戦を体験した沖縄への思いも深い。柚子は句に詠むことで魂鎮めをしている。沖縄ばかりでなく南洋で亡くなった戦死者たちの魂も求めて、沖を見つめている。

くれなゐといふ重さあり寒椿

『胡蝶』
平成13年

椿は春の季語だが、冬の間に咲く早咲きの椿を冬椿、寒椿と呼んでいる。また、同じ頃に咲くツバキ科ツバキ属の一種で、山茶花に似る品種群を総称して寒椿と呼ぶので厳密には紛らわしい。

だがこの句の寒椿は釉子の家の庭の木で、「濃い紅色に咲き、たくさんの花をつける」と自解しているから、それで充分であろう。紅色は華やかで主張する色だが、この年、釉子はその色が重く感じられたという。六十九歳になる年。紅からイメージしたものは血か、情熱か、女性という性か。対になりそうな句〈白といふ激しき色を花菖蒲〉は四年後の作。

種を蒔く背に茫々と淡海かな

『胡蝶』
平成13年

## 74

滋賀県は近江米の産地である。観光で訪れると史蹟に目が奪われやすいが、安土城址の前に広がる田、近江八幡の水郷の田、賤ヶ岳から見える田など、琵琶湖の水路を利用した水田が旅人の目に優しい。

　柚子はたびたび淡海を訪れているが、この時は種籾を蒔く光景を目にした。春の肌寒い中で、黙々と種蒔きをしている農夫に湖の光が映えている。かつてその地は戦場にもなったが、人々は種を蒔き、稲を育てて生きてきた。その姿は千年を経ても変わらない。歴史への深い感慨が「茫々と」に滲んでいる。空間の広がりを詠んで、時間を超えた句となった。

そらにみつ大和いづこも落葉掻き

『胡蝶』
平成13年

## 75

「そらみつ」または「そらにみつ」は「やまと」にかかる枕詞である。『日本書紀』の神武紀の「大空から見て、よい国だと選びさだめた日本の国」の意味である「虚空《そら》見日本《みつやまと》の国と曰《い》ふ」に由来する。この枕詞を添えて、奈良の冬が格調高く詠まれている。

飛火野、佐保路、斑鳩などの寺や古跡を巡って歩くと、あちこちから落葉を掃く音が聞こえてきた。落葉焚の匂いも漂ってきただろう。冬が深くなってゆく古都の、清浄な大気と落ち着いた暮しが窺える。「そらにみつ」は空の深さを想像させ、日本全土の落葉掻きにもイメージを広げる。

庵主たり花の天蓋仰ぎつつ

『胡蝶』
平成14年

この年の春から大磯鴫立庵の庵主になった。三月末の西行祭で西行の像に桜を献花したあと、俳句大会の選者を務めるのである。自解では「大磯町からの突然の依頼に逡巡の日が続いたが、この日満開の桜の枝を仰ぎ決心した」とある。前庵主の草間時彦氏からのバトンタッチであった。

中七の「花の天蓋」に、天命とも思ったであろう心が滲み出ている。同時作に〈庵主てふ花の嫗となりしかな〉があり、「庵主にふさわしい齢。せめて桜にあやかりたい」と述べている。毎年、明るい色の無地の衣裳で西行祭に臨む姿は「花の天蓋」の下で殊更に美しい。

夕波のさねさし相模初つばめ

『胡蝶』
平成14年

# 77

大磯の鴫立庵で初めて西行祭を執り行った夕方、海浜に出て詠んだ句である。「さねさし」は相模にかかる枕詞。『古事記』に登場する弟橘媛の〈さねさし相模の小野に燃ゆる火の火中に立ちて問ひし君はも〉の歌で知られている。ゆるやかな海岸線に寄せる穏やかな波。その上空を鮮やかに飛ぶ初つばめに庵主としての初々しい気持ちが託された。

燕の句では、淡路島での〈あはぢしまかよふ燕とおもひ寝る〉があり、源兼昌の歌〈淡路島かよふ千鳥の鳴く声にいく夜寝覚めぬ須磨の関守〉を連想させる。どちらも歴史の流れの中に己を立たせて詠んでいる。

円位忌の波の無限を見てをりぬ

『胡蝶』
平成14年

円位忌は西行法師の忌日である。〈ねがはくは花のしたにて春死なんそのきさらぎの望月の頃〉と詠い、その願い通りに陰暦二月十六日に没したと言われている。北面の武士であったが若くして出家し、旅をして、生涯歌に生きた西行。芭蕉をはじめ多くの日本人の心を捉えてきた。

この句は柚子が大磯鴫立庵の第二十二世庵主に推戴された春に詠まれた。庵主として初めて西行祭を執り行ったあと、大磯のこゆるぎの浜に出たのであろう。西行から芭蕉へと続く詩歌の系譜を思い、そこに貫かれてきた「風雅の誠」が永遠であることを改めて確信している。

黒葡萄いささか渋き昭和かな

『胡蝶』
平成14年

79

黒葡萄を食べて昭和を振り返っている。八月の終戦記念日には昭和の暗い記憶が蘇るから、葡萄を口にするときにも、払拭できない思いが残っているのであろう。昭和という時代は懐かしさだけでなく、辛い出来事も思い出さねばならない。それが「いささか渋き」と表現された。確かに葡萄は甘いが、食べ続けると口の中に僅かな渋味が残る。

柚子にとって葡萄は深い心を託せる果物である。草田男の〈葡萄食ふ一語一語の如くにて〉に応えるように、草田男逝去の折、〈師の一語一語よ葡萄はひかりの粒〉と詠んだ。師と永訣したのも昭和だったのである。

今年逝く大仏ゆらぐこともなし

『胡蝶』
平成14年

## *80*

一年が終わり、新しい年を迎えるという感慨を抱きながら、大仏を拝している。自解によると、東大寺の大仏であるという。東大寺では、大晦日と、八月の万灯供養会の日に、大仏殿の正面の桟唐戸が開かれる。中門の基壇上から見上げると窓の中に大仏の尊顔を拝することができる。

世の中の喧騒の何事にも動じることなく座しておられる大仏を拝観し、安堵したのであろう。それは一年という時間の概念から離れ、悠久の時間に心を寄せることでもある。この年、釉子は七十歳。「ＮＨＫ俳壇」の選者を務め、鳴立庵の庵主になる等、充実の一年であった。

夕映えの雲のなまめく蕪村の忌

『百年』
平成15年

「京都金福寺」の前書がある。京都市左京区にある金福寺は芭蕉が滞在した寺である。後に芭蕉を慕った蕪村が、荒廃していた芭蕉庵を再興し、自身の墓をそこと決め、〈我も死して碑に辺せむ枯尾花〉と詠んだ。裏山の蕪村の墓所まで登って行くと京都市内が遠望できる。

墓参りを済ませた柚子は西の夕空に美しく彩られた雲が棚引いているのを見て、蕪村の絵画的で、艶のある世界に相応しいと思ったのであろう。学生時代から蕪村に惹かれていた柚子は特別な感慨をもって蕪村忌に詣でたことと思う。他に〈蕪村忌の蒔絵の金のくもりけり〉とも詠んでいる。

海凪ぎて魂魄いづこ西行忌

『百年』
平成16年

## 82

鴫立庵は、西行の歌〈心なき身にもあはれは知られけり鴫たつ沢の秋の夕暮〉にちなみ、江戸時代初期の崇雪が鴫立沢の標石を建て、草庵を結んだ。その後、大淀三千風が庵主第一世として入庵して以来、日本三大俳諧道場の一つとして知られるようになった。庭内には西行堂、観音堂、茶室等の他、多くの石碑が建てられている。この年の西行祭は穏やかな日和だったのであろう。

平安末期から鎌倉初期の激動の時代に生きた西行が詠んだ和歌の数々には、その時代ならではの詩魂が宿っていた。西行祭に訪れた柚子は大磯の沖を見つめながら西行の魂魄を追慕している。

鷹一つ紺を張りあふ空と海

『百年』
平成16年

鷹の渡りで知られている愛知県の伊良湖岬での作。芭蕉はこの地に隠棲していた弟子の杜國を訪ねて〈鷹一つ見付てうれし伊良古崎〉と詠んだ。芭蕉が訪れたときは渡りの時期が過ぎていたが、一羽の鷹が飛翔しているのを見つけた喜びと杜國に逢えた喜びを重ねた。

柚子が訪れたときも十二月の末で鷹の渡りは見えなかった。しかし鷹を探して岬に立つと、紺色の潮流が美しく輝き、空はどこまでも青く澄んでいた。そのときゆったりと飛翔する鷹を一羽見つけた。「紺を張りあふ」で空と海を繋げ、点景として鷹を置き、天地の健やかなることを讃えた。

牡蠣を吸ふ身ぬちの闇を大切に

『百年』
平成17年

生牡蠣は貝殻から掬って、口に運び吸い込むように食べる。美味しいと知っていて食べるのだが、黒い縁どりのどろっとした身は不気味な代物とも言えるであろう。柚子はそれを口にしたとき、「闇」を連想した。さらに、牡蠣のような闇を身ぬちに抱えていると思った。身ぬちの闇とは、暗い記憶や罪悪感、或いは人類の負っている原罪かもしれない。しかし柚子は闇を「大切に」したいと詠むのである。

詩の一ジャンルとしての俳句を創作する者として、心の闇を大切にしたいと思った。人間の本質に目を背けず、向き合いたいと思ったのである。

踏み込めば戦中の香や青芒

『百年』
平成18年

戦後六十一年を経た年、柚子が七十四歳の時である。芒の生い茂る池畔か河川敷を歩いていたのか。夏の芒は丈高く伸びて、剣状の葉は触れれば手が切れそうに勢いがある。その草叢に惹かれて少し足を踏み入れたとき、青芒の匂いが戦中の記憶の何かを呼び覚ました。戦地や引揚げの経験はないから、防火訓練、防空壕、食糧難や焦土等の記憶かもしれない。よくぞ生き残ってここまで来たという感慨と、二度と繰り返してはならないという強い意志が青芒に託された。

青芒では〈父は亡し崖の日を切る青芒〉もあり、柚子には遠い記憶に結びつく季語である。

夕波や鴨にかそけき母のこゑ

『百年』
平成18年

平成十七年の初冬、柚子の母が百歳で亡くなった。〈母の訃や不意にかぶさり来し寒さ〉と詠み、「覚悟はしていたのだが、実際に母の訃報を電話で受けた時、膝の力が抜けて、へたへたと床に座り込んでしまい、そのことに衝撃を受けた。長寿なのでいつまでも生存してくれるような気がしていた」と句集のあとがきに書いている。

掲句は一周忌の頃に詠まれた。以前、〈夕波のさねさし相模初つばめ〉と詠んだ大磯の海辺を歩きながら、亡き母を偲ぶよすがを求めた。すると鴨が母の化身のように鳴いたのであろう。その声は母を恋う柚子の哀しみの声とも重なる。

鷲飛翔天空美しきこの世かな

『百年』
平成18年

# 87

第八句集『百年』の掉尾を飾る句で、前に〈鷲載せて岩は古代の相さらす〉がある。鳥の王者と言われる鷲が翼を広げて悠々と飛翔すると、まるで天空を制しているかのように雄々しい。その姿に魅了されたのであろう。

タカ目タカ科の鳥のうち大型のものを鷲、小型か中型のものを鷹と呼ぶ。日本では犬鷲、尾白鷲、大鷲等が見られる。なかなか遭遇しないが、この句は高山で、大空を背景に飛翔する鷲を見て詠まれたのであろう。

柚子は若い頃よく登山をしたという。代表句を生んだ鶴、白鳥、鷹等と共に、鷲も柚子の心を自由に羽搏かせる鳥のようだ。

あめつちに塔は千年飾り松

『濤無限』
平成19年

# 88

「奈良」の前書がある。どこの塔を指しているかは明らかにされていないが、奈良で千年の歴史を持つ塔と言えば、七、八世紀に建てられた法隆寺の五重塔や薬師寺の東塔が思い出される。

千年以上もの間、乾坤の日や風や雨に晒されながら立ち続けてきた木造の塔。その美しさと長寿を、新年に際して「飾り松」で祝している。歳月ばかりではない。塔を下から仰ぐとき、塔が天と地を繋げているように見えるから、空間的にも超越した存在に感じられる。

荘厳な塔を仰ぎ、釉子自身も永遠の時空の中に佇む思いがしたであろう。

178 — 179

七十路の方寸を責む霜柱

『濤無限』
平成20年

「方寸を責む」は詩心を苦しめ凝らすという意味である。『おくのほそ道』に「江山水陸の風光数を尽して、今象潟に方寸を責む」と出て来る。「これまでの旅路に山水の美景のある限りを見てきて、今や象潟に対して詩心を凝らす次第になった」と解釈される。

柚子もこれまで数多くの美景を見てきて今日に至ったという思いから、芭蕉の心に重なるものがあったのであろう。七十代も半ばを過ぎる時、ますます詩心を苦しめ、凝らすのだという覚悟ではないだろうか。

風雅の誠を追い求めようとする意志が美しい霜柱に象徴されている。

春の雪千年まへの花のごと

『濤無限』
平成20年

春になってからの雪は大きな雪片で、積もっても解けやすい。三月頃に空から大ぶりの雪が降ってきて地面に吸い込まれて行く様は実にドラマチックである。牡丹雪とも呼ぶので、春の雪を花に喩えるのは常識の範囲かもしれない。

しかしこの句では「花」と言っているから桜である。春の雪の一片一片が花吹雪に見えたのだろう。それも千年前に散った桜が降ってきたという発想。千年前に詠まれた花の和歌の数々が言霊となって出現したと思ったのではないか。時間を超えて思いを至らせる柚子らしい、壮大にして美しい句である。

水軍の浜に身を摩り梅雨つばめ

『濤無限』
平成20年

「松山行」と前書のある〈松山の松の放てる夏燕〉に続いて句集に収められている句である。「水軍の浜」は松山市の三津浜であろう。伊予の豪族河野氏は屋島・壇ノ浦の戦いで源氏に従って軍功をたて、南北朝動乱の際も活躍し河野水軍と呼ばれた。

その歴史に思いを馳せていたとき、眼前に大きく弧を描いて燕が飛んだ。地にすれすれに飛んでは高く上昇する燕の敏捷な動きに、嘗て活躍した勇猛果敢な水軍の姿が重なったのである。燕が低く飛ぶと雨が降るという言い伝えの通り、梅雨時の燕は低く飛ぶのである。「身を摩り」が臨場感をもたらしている。

ほととぎす聴いてかなしも豊葦原

『濤無限』
平成20年

「豊葦原」は日本の美称で、『古事記』には「豊葦原之千秋長五百秋之水穂国」と出てくる。柚子はこの美称について「何と心豊かにさせることだろう。見渡す限りの平野に、稲穂が重そうに揺れるイメージを思いうかべ、日本の米所と呼ばれる地方に、今も同じ風景が広がっているだろうと思い、不思議な安らぎを感じる」と、或る随筆に書いた。

掲句は夏の句だが、ゆったりと広がる風景に豊葦原という言葉が相応しかったのである。ほととぎすの声に胸を打たれ、「かなしも」と古語的に表し、『万葉集』時代の古人に倣って、瑞穂の国の美しさを讃えている。

前の世はをとこでありし桃を喰ふ

『濤無限』
平成20年

美しい桃を口に入れながら前の世では男だったという大胆な発想。この桃は薄紅であろう。柔らかな桃をそっと手に取り、薄い皮を剝ぐと、甘い香りがして果汁が滴る。純粋で無垢で、傷つきやすい乙女のように思えたのかもしれない。

柚子には〈桃剝いで情をこめつつ荷風論〉〈人妻や白桃に刃をためらはぬ〉〈大白桃をとこをんなの老いにけり〉の句があり、桃に官能的なイメージを抱いてきた。それらの句を通過した後に詠まれた掲句は七十六歳の作。女性の中にある男性的な部分を認め、それを言葉にできる年齢に達したと言えよう。

冬ごもりシャツを抛らば白き鳥

『濤無限』
平成22年

寒い冬に家に籠っていたときの夢想かもしれないが、シャツを抛るという行為は主婦らしいと言えそうだ。物干し竿に白いシャツを干していて、乾いたから取り込もうとするとシャツが風に煽られて飛んで行きそうになった。その時ふと、シャツを風に飛ばしてみたら、白い鳥になるのではないかと思ったのである。

柚子にとって「白き鳥」は日本武尊の白鳥伝説である。能褒野で亡くなった日本武尊の魂は、白い鳥となって大和へ行ったという。三重県の能褒野陵では〈末黒蘆病みしたけるは蹌踉と〉〈春雪にたましひ舞へば白き鳥〉と詠んでいる。

みほとけは禱りに痩せて冬日影

『濤無限』
平成23年

痩せたみほとけで想起されるのは菩薩半跏像である。この句は句集で、「奈良三句」と前書がある中の一句。〈黒々と寒気凝りたる思惟仏〉が続くから、みほとけは中宮寺の半跏思惟像であろう。

頬に中指を添えたアルカイック・スマイルは慈愛に溢れ、ほっそりとした胸や腕は繊細で清廉。近寄りがたいほどの究極の美しさである。菩薩は人々の祷りを受けて痩せ、人々を救うために渾身の祷りを続けてまた痩せる。

冬の日が差し込んでいるお堂の奥に、ひっそりと祷り続けるみほとけの姿を見て柚子は永遠の時を感じていたのであろう。

紅梅のおづおづと咲き未知の老

『濤無限』
平成23年

## 96

梅の咲く二月は誕生月でもあるためか、梅に心情が託された句は多い。中でも紅梅は〈紅梅の幹のざらざら血を濃くす〉〈坂登りつつ紅梅の鬼女となりぬ〉〈紅梅や六十路なかなかかぐはしき〉等と、女身に脈打つ血や生命を意識して詠まれてきた。その延長上、七十九歳のときにこの句が生まれた。

梅の咲き方を「おづおづと」と気弱に捉え、未だ経験したことがない「老」に入って行くことを予見している。しかし「未知の」と付けたことで、大冒険に挑むときのような気概が感じられる句となった。紅梅の精が媼となって立ち顕れてきそうである。

未来あり澄むにいちづの冬泉

『火は禱り』
平成27年

「泉」は釉子にとって身近な、特別な季語である。府中市の湧水豊かな地に半世紀以上住んで、四季を通して泉から詩を掬い上げてきた。師の草田男にも泉の名句が多い。草田男にとっても泉は詩心の源であり、ときにはその象徴にもなった。

この句では冬の冷え冷えとした大気のなか、透明度を増した湧き水に力を得たのであろう。詩歌の真髄を求めて長い道のりを一途に歩いてきた今、冬でも絶えることのない泉を前に、未来を確信したのである。それは〈円位忌の波の無限を見てをりぬ〉と詠ったときと同様に、文芸の無限を見据える眼差しでもある。

夏の月焦土の色は彼の世まで

『火は禱り』
平成29年

## 98

「焦土の色」と言うと、石田波郷の〈はこべらや焦土のいろの雀ども〉が思い出される。波郷は雀に焦土の色を見出した。一方、柚子は夏の月を見るたびに、戦争末期の焦土の空に皓々と昇っていた夏の月の色を思い出すのであろう。それは彼の世をも照らし出すような悲愴感を帯びた月の色であった。

同年の作に〈スイートピー戦火くぐりし妣《はは》の花〉もある。炎のようなスイートピーから戦争の炎を連想し、戦火を潜って生き抜いた亡き母の生涯へ思いを馳せた。少女のような可憐なこの花にもまた、人生の無常を感じずにはいられないのである。

冬桜尋ね当てたる淋しさよ

『火は禱り』
平成30年

冬桜が咲いていると聞いたので尋ねて行った。辿り着いてみると、淡い桃色をした小さな小さな花が数輪、いかにもか弱げに咲いていていた。私はこの淋しさに行きあたるために歩んできたのかと、立ち竦んでしまったのではないか。釉子八十六歳の作。弱い身ながら永らえてきたという感慨と、父母や師や友に先立たれた淋しさ、そして己がいのちの心細さが「冬桜」に託された。

同時発表の句に〈戦後長し風に消えさう冬桜〉もある。敗戦から年月を経てしまうと、二度と繰り返してはならぬという人々の強い決意が風化してゆくように思えたのである。

火は禱り阿蘇の末黒野はるけしや

『火は禱り』
平成31年

柚子が阿蘇の野焼に行ったのは平成二年の春だった。
「あちこちで火を放つので、野火曼陀羅とでも言いたい」
とエッセイに書き、〈阿蘇野焼神は巨き手ひろげたり〉
〈野火を追ひ隠れ狂ひを知られけり〉等と残した。

それから約三十年を経た春、阿蘇の末黒野に思いを馳せ掲句を詠んだ。末黒野から戦後の焦土を連想したのかもしれない。しかし末黒野は野焼の跡である。野焼は害虫を防ぎ、植物の育成を促すために行われる。生命が再生することを願って放たれた火である。遥かな時空を超えて、あの日の野火は柚子の心の中で再生への禱りとなって燃えていた。

## 鍵和田秞子の俳句

すみれ束解くや光陰こぼれ落つ

鳥渡る北を忘れし古磁石

夕雲のふちのきんいろ雛納め

少年の瞳して阿修羅のしぐれをる

眼前の季語や事物から永遠の時へ、或いは無辺の天地へと詩情が広がってゆく作品。歳時記の例句にたびたび採録され、よく知られたこれらの句は、繊細さと大胆さを併せ持つ鍵和田秞子の特性が花開いた句と言えよう。こうした豊饒な作品を生み出した詩心の背景は何であったのだろうか。

柚子の作品世界を支えている柱はいくつかある。幼い頃からの読書体験、思春期に刻まれた太平洋戦争の記憶、学生時代に学んだ文学や能楽や美術や歴史、師事した中村草田男に培われた詩精神、そして芸術に造詣の深い家族に育まれた美意識等が挙げられよう。

幼い頃の柚子ははにかみ屋で一人遊びが好きな子どもだったようだ。

昭和七年、父荻田稔、母いさほの長女として神奈川県の秦野市に生まれた。柚子という珍しい名は本名である。「柚」には農作物が生い茂るという意味があり、豊穣を予感させる。

小学校低学年で平塚に転居し、その後は平塚で育つ。父は旧制中学の国語教師、後に神奈川県の県立高校の校長を歴任し、県教育界の重鎮となった。文学が好きで、漢詩を作り、胡月という号を持っていた。母は短歌を作っていた。

柚子には幼少期から文学的な環境が整っていたのである。家には古今東西の本がたくさんあり、ものごころついた頃から、世界の名作、日本の名作を手あたり次第に読んだという。『世界の謎』という本からロゼッタ・ストーンを知り、考古学者に憧れたこともある。柚子の句に物語めいたものが登場するのは、その頃の本が翼になって空想を広げさせるのかもしれない。

啓蟄や指輪廻せば魔女のごと
民話読む庭のどこかに蟇眠り
豊年の夜の童話は驢馬跳ねて

ファッションデザイナーや園芸家にもなりたかった夢見る少女。その少女を第二次世界大戦が襲った。昭和十九年、県立平塚高等女学校に入学した頃、戦争が激しくなった。日記をつけていたが、灯火管制が敷かれて思う存分に文章が書けなくなったとき、日記帳に短く書いたのが俳句だった。

銀翼に秋の日受けて陸軍機
壕のそばおべんたう箱に桜散る

やがて防空壕に入ることが多くなる。防空壕にはいつも本を持ち込んでいたが、中でも鴨長明の『方丈記』をよく読んだ。『方丈記』全体に流れているのは人生の無常である。後年釉子は「ゆく河の流れは絶えずして……のリズムに惹かれていただけかもしれない」と語ったが、平安末期の大火や飢饉に苦しむ人々を知ると、不安な心が慰められたのであろう。後に次の句を詠んでいる。

かの夏や壕で読みたる方丈記

そして昭和二十年七月十六日が訪れる。深夜から翌朝にかけて、B29の爆撃で平塚市は全滅した。当時、平塚には海軍火薬廠、日本国際航空工業等があったため、徹底的に襲撃されたのである。死者三百人以上、罹災者は三万人を超えた。

幸い釉子は家族と共に無事だったが、一夜にして焦土と化した平塚の凄惨な光景が目に焼き付いた。

その体験は鴨長明が経験した大火に似ている。「吹き迷ふ風に、とかく移りゆくほどに、扇をひろげたるがごとく末廣になりぬ」。これは長明が五十八歳のとき、およそ三十年前を思い出して書いた文である。長明と同様に釉子も、全滅した平塚の街が生涯、脳裏から離れなくなった。

翌月、終戦を迎える。ちょうどお盆だったので先祖に詫びたという。

半月になき〳〵わびる戦敗夜

通っていた県立平塚高等女学校は新制の県立平塚江南高校となり、そこを卒業。昭和二十五年、お茶の水女子大学文教育学部国文学科に入学した。

大学生になった柚子は能楽研究会を作り、謡曲を習い、能を鑑賞した。

荒東風の髪は狂女や隅田川

一山の隠す一村鵺《ぬえ》啼けり

後に詠まれたこれらの句の背景には能の「隅田川」や「鵺」がある。木母寺で催された梅若忌に出向いたとき、奉納謡の「隅田川」に憶えがあったので思わず地謡を一緒に謡ったという。

大学生の柚子の心を捉えた俳句があった。中村草田男の〈焼跡に遺る三和土や手毬つく〉である。戦後の焼跡の中、三和土で毬をついている子ども。敗戦後の大人たちは気力を失っていたが、子どもは無心に毬をついている。その子の姿に未来が感じられた。昭和二十年に詠まれたこの句に草田男の祈りや思想があると柚子は読み取った。俳句の奥深さを知ったのである。

柚子に影響を与えたものがもう一つあった。萩原朔太郎著の『郷愁の詩人与謝蕪村』である。この本を読んで近世俳諧への興味が湧き、専攻を俳文学と決め、卒論には蝶夢を書いた。その論文は後に明治書院の『俳句講座』に「蝶夢論」として収められた。

俳文学を研究するには実作も学んでおくほうが良いという井本農一教授の勧めで、村山古郷の「たちばな」に句を出したが、「たちばな」は二年ほどで廃刊になる。その後、句友と共に金尾梅の門主宰の「季節」に入会した。

投函の悔あり雪は渦に降る
逢へぬ日は木の実をつなぎ首に巻く

卒業後の釉子は神奈川県の県立高校の教師となり、二十四歳のときに結婚した。夫の鍵和田務は京都大学の哲学科でカント哲学を専攻したが、工芸史の研究へと転換していた。教職の傍ら、家具における民俗学を提唱する研究者となってゆく。「季節」に投句しつつも、欲のない作句を続けていた釉子は三十代に入り、俳文学の研究をやめて俳句の実作に専念しようと思い始める。子どもを待ち望んでいたが叶えられないと思い始めたのもその頃ではないだろうか。

身のどこか子を欲りつづけ青葉風
胡桃一つ遂に聞かざる呱々の声

「季節」を退会し、以前から憧れていた中村草田男の門を敲いた。草田男の〈空は太初の青さ妻より林檎受く〉も〈種蒔ける者の足あと洽しや〉も戦後間もない時の作である。廃墟の中で生きる力を見出す草田男の詩精神に釉子は惹かれた。釉子もこの世の無常を思い知ったからこそ、この世の美しさを詠い上げたいという欲求に駈られたのである。

「萬緑」では草田男が写生を提唱していたので釉子は努めて吟行に行った。草田男から学んだものは多いが、季語を象徴的に生かすこともその一つだった。そして季語を象徴的に働かせる句も写生句と同様に、先ずは心を無にして対象に対峙し、己の胸底から湧き上がるものを摑んでこそ成るものだと知った。「萬緑」では順調に成長し、萬緑新人賞を受賞した。草田男は釉子について、「文学教養の豊かさを、将来においては随時随所において実質的精華として発露してゆくようになるであろう」と予想したが、正にその通りになってゆく。

昭和五十年、萬緑賞を受賞する。評論も執筆し、一躍若手俳人として活躍の場を広げていった。俳壇からの依頼も増え、多忙になったため、四十五歳で教職を辞し、俳句一筋に邁進するようになる。退職を機に出版した句集『未来図』が第一回俳人協会新人賞を受賞した。

未来図は直線多し早稲の花

朝顔が日ごとに小さし父母訪はな

それからの約五年間、俳壇からの要望に応じて大いに活躍した。「俳句とエッセイ」に一年間十五句を連載した際には草田男に個人指導を受けた。俳句総合誌に評論を寄稿し、歳時記や事典の共著にも加わる。振り返れば、草田男の最晩年の五年間であった。そして昭和五十六年に父が、五十八年に草田男が他界した。

父恋ひの色の噴き出すかきつばた

炎天こそすなはち永遠《とは》の草田男忌

昭和五十九年、「未来図」を創刊する。「俳句は抒情詩の一つとして、作者の生〈レーベン〉の実感を、作者自身のことばで、生き生きと表現すべきだと思います」と創刊号に記す。五十二歳であった。気力も体力も充実し、執筆等でますます忙しくなった。そして、俳句作品は独自の世界を展開し始める。

夜御殿《よんのおとど》は永久の夜なるほととぎす

花まつり戯画のうさぎは地にまろび

国褒めのことばきらきら黄落す
揺らぎては刻あをあをと古代蓮

「夜御殿」「戯画」「国褒めのことば」「古代蓮」と、歴史上の言葉が登場する。しかし単に言葉を借りているのではない。長い歴史の時間の帯に己を立たせた上で、眼前の風景を描写し、自己の存在を自覚する。それが釉子のスタイルになった。今という時を生きていながら、心は悠久の時間に委ねるという精神の在り様である。その心はやがて漂泊への憧れにも繋がってゆく。
句集は『未来図』の後、『浮標』『飛鳥』と出し、著書も『季語深耕［祭］』『作句のチャンス』『俳句のある四季』等数冊を次々と刊行した。

凍滝や女身はそよぐもの持てる
雷連れて白河越ゆる女かな
こゑ出して山姥に似る真葛原

五十代後半の第四句集『武蔵野』の句である。自然の中に踏み込み、自然を自身の中に取り込んでから言葉を発する。その果敢な態度が次の句を生んだ。

鶴啼くやわが身のこゑと思ふまで

第五句集『光陰』も第六句集『風月』も、柚子の知性と情感が織り成す華麗な作品で、それまでの約半世紀に及ぶ句業の精華と言えよう。

みささぎへ桜千本こゑころす
茅花流し黒髪流し明石の門《と》

その一方で、六十歳を過ぎた柚子は晩年を意識し始める。

生まざりし身を砂に刺し蜃気楼
凩にこころさすらふ湯呑かな
みちのくの踊りつつ皆過ぎゆけり

「蜃気楼」の句には己の存在の儚さが、「困」の句には漂泊の心があり、「みちのく」の句には芭蕉の「百代の過客」の思いが籠められた。
平成十四年、大磯の鴫立庵の庵主となる。遂に西行の「風雅の誠」を求める道に連なることができたという深い感慨を抱いたであろう。

庵主たり花の天蓋仰ぎつつ
円位忌の波の無限を見てをりぬ

これらを収めた第七句集『胡蝶』で俳人協会賞を受賞する。同句集では戦時を回想した句も印象的である。拭いきれない戦中の記憶が鎮魂の句となった。

コスモスや水漬く屍もそよぐらむ
炎熱や死者をさがして海に出づ

平成十五年の冬、柚子は京都市の日野に残る鴨長明の庵跡を訪ねた。

無常とて青々生ふる歯朶の群

「朝に死に、夕に生るゝならひ、たゞ水の泡にぞ似たりける。不知、生れ死ぬる人、何方より来たりて、何方へか去る」と綴った鴨長明の心境に己を重ねた。柚子は無常観を抱きつつ、言葉から力を得て生あるものへの祈りを詠う。

第八句集『百年』では百歳の母を亡くした思いが詠まれる。

夕波や鴨にかそけき母のこゑ

第九句集『濤無限』のあとがきには、東日本大震災の折に、戦時の悲惨な光景が思い出されたと書いた。時空を超越して詠む姿勢に変わりはなく、大らかな詠みぶりの中に切なる祈りが籠められてゆく。この句集で毎日芸術賞を受賞した。

あめつちに塔は千年飾り松

みほとけは禱りに痩せて冬日影

第十句集『火は禱り』ではさらに戦時の記憶が呼び覚まされ、二度と繰り返してはならぬ戦争への危惧が、声高ではなく静かに詠まれている。そして自らの老いを柔軟な心で受け入れた句に透明感があり、清閑な境地に至っている。

氷る湖戦時のごとく黙深く

冬桜尋ね当てたる淋しさよ

十五年ほど前、或るインタビューに応じて、釉子は自分の根本は無常観であると言い、「ものに対して執着心がないですね。何かひとつ、ふうっと風が吹き過ぎるときがある。それがうまく俳句に出てくれたらいいんだけれど……」と語った。いまその境地に達して、何ものにも囚われず自在に言葉を紡いでいる。

いささかの雲踏むここち更衣

一位の実ふふみ一縷の歌ごころ

# 初句索引

## 著者略歴

藤田直子（ふじた・なおこ）

昭和25年　東京都三鷹市生れ
昭和47年　立教大学英米文学科卒
昭和59年　「未来図」創刊時に入会
昭和63年　未来図新人賞受賞
平成15年　未来図賞受賞
平成21年　「秋麗」創刊主宰

現在「秋麗」主宰　「未来図」同人
俳人協会評議員　日本文藝家協会会員
国際俳句交流協会会員

句集『極楽鳥花』『秋麗』『麗日』
『自註現代俳句シリーズ　藤田直子集』

発　行　二〇二〇年二月二一日　初版発行
著　者　藤田直子© Naoko Fujita
発行人　山岡喜美子
発行所　ふらんす堂
〒182-0002　東京都調布市仙川町一―一五―三八―2F
TEL（〇三）三三二六―九〇六一　FAX（〇三）三三二六―六九一九
URL http://furansudo.com/　E-mail info@furansudo.com

# 鍵和田秞子の百句

振　替　〇〇一七〇―一―一八四一七三
装　丁　和　兎
印刷所　日本ハイコム㈱
製本所　三修紙工㈱
定　価＝本体一五〇〇円＋税
ISBN978-4-7814-1255-9 C0095 ¥1500E